GÉNÉALOGIE

DE LA MAISON

DE FRANCE.

MOREAU, IMPRIMEUR, RUE COQUILLIÈRE, Nº 27.

GÉNÉALOGIE

DE LA MAISON

DE FRANCE.

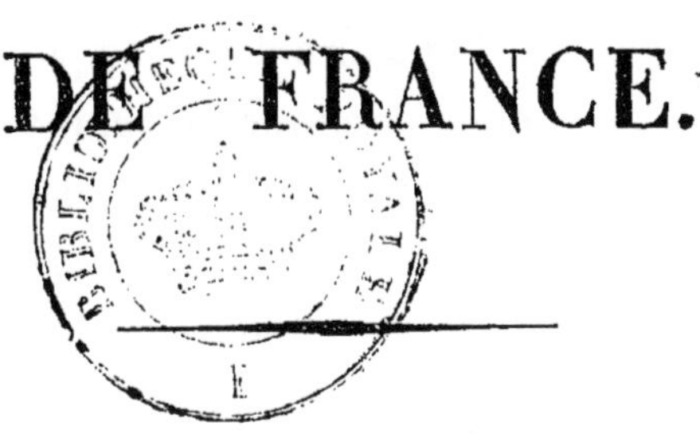

LA généalogie aime la patience, et fesait autre-
fois un état assez lucratif à ceux qui s'y livraient par
intérêt. Cependant son terrain est naturellement sec,
pénible, aride et soporifique, lorsqu'il n'est pas
tout-à-fait stérile. L'on n'a jamais vu sur un grand
arbre généalogique, ni fleurs, ni fruits; le chant
des oiseaux n'y récrée jamais le cultivateur. Ce
sont des ronces et des épines, de l'ennui et du dé-
goût que l'on y trouve continuellement, et des diffi-
cultés sans cesse renaissantes. Celui qui fait voyager
son esprit dans la plus haute antiquité, pour chercher des ancêtres et des titres, se trouve souvent

I

enveloppé de nuages qui ne lui laissent que le doute des conjectures : c'est pourquoi les généalogistes doivent être doués d'un grand courage, d'une patience inaltérable et d'une tenacité qui les fait remarquer dans leurs recherches. Voilà leur premier mérite. Mais il en est un autre non moins indifférent, et plus engageant pour le particulier obscur qui veut s'élever au-dessus de sa sphère, et qui, quoique né dans la poudre des champs, a la sotte ambition de vouloir descendre d'Achille ou d'Agamemnon. Ce second mérite se trouve dans la mobilité de la langue : et tout-à-coup, à l'aspect de cent louis, mon généalogiste habile et fertile en moyens, semblable aux héros babillards d'Homère, fait un long discours pour endormir son petit ambitieux, et, dans quatre jours, il l'affuble d'un caparaçon de noblesse, après lui avoir prouvé que ses anciens aïeux ont joué un grand rôle à la suite de Charlemagne, et même parmi les nobles patriciens de Rome. Mon campagnard content, ravi, vain et glorieux de son antiquité, donne trois mille francs au lieu de cent louis, et se présente à la cour, où on le salue comme on saluait le *Baudet chargé* de reliques. Voilà le vrai métier et le secret de l'art, voilà l'avilissement de la science.

J'en ai connu plusieurs de ces fameux généalo-

gistes imperturbables, qui étaient toujours prêts ;
pour de l'argent, à vous donner la descendance et
les titres dont vous aviez besoin.

Mais la généalogie qui est aussi utile qu'ancienne, et qui intéresse les nations, est une science
estimable ; et quand on s'y livre sans aucun but d'intérêt particulier, mais généreusement pour le bon-
heur de son pays, on a un double titre à la consi-
dération des peuples et des rois. C'est ce que vien-
nent de mériter M. le comte de Fortia et M. le
chevalier de Courcelles, ancien magistrat, chevalier
et historiographe de plusieurs ordres.

Ces deux savans distingués se sont partagé leur
immense travail, et le second, qui seul a signé le
grand ouvrage que je m'empresse d'annoncer au pu-
blic sous d'heureux auspices, M. le chevalier de
Courcelles, ouvre sa carrière ainsi :

Armes des Rois de France et de Navarre.

« Depuis le règne de Louis le Jeune, jusqu'à
» celui de Charles le Sage, les rois de France ont
» porté *un écu d'azur, semé de fleurs de lis d'or;*
» depuis le roi Charles VI, jusqu'à Henri III in-
» clusivement, les armes de France ont été *d'azur,*

» *à trois fleurs de lis d'or ;* enfin, depuis le règne de
» Henri IV, le roi de France, seulement, porte
» *l'écu de France, parti de celui de Navarre.* Le fils
» aîné du Roi, porte *les armes de France, écarte-*
» *lées de celles de Dauphiné.* Les autres princes,
» enfans ou frères et sœurs du Roi, portent seu-
» lement *l'écu de France,* et les petits-fils de France
» y ajoutent *une brisure.* »

Ce premier paragraphe plaira sans doute aux
amateurs, et donnera la première idée des soins que
l'on a mis dans un ouvrage de cette importance.

M. de Fortia, qui s'est renfermé dans les détails
historiques sur l'antiquité de la maison de France,
commence la généalogie de cette maison par celle
de Faramond : *

« Il ne faut pas croire » dit-il dans son préam-
bule « que les nations primitives aient été indiffé-
» rentes sur leur origine. Les premiers ouvrages
» qui paraissent à la naissance des grandes sociétés,
» sont les poëmes et les généalogies », etc.

* J'écris *Faramond* comme l'auteur, et non *Pharamond.* Cette
ortographe est d'ailleurs consacrée par les auteurs originaux cités
dans la Collection de dom Bouquet, et par l'Art de vérifier les
Dates.

Pourquoi donc resterions-nous indifférens nous-mêmes, sur l'origine de notre grande et puissante nation, dans un moment où l'esprit de parti jette du doute sur la légitimité d'une famille antique et célèbre par ses faits d'armes, par ses vertus et ses malheurs; et dont le règne, seul et indivisible, peut assurer la paix et le repos de la France?

La première race est celle des *Mérovingiens;* mais, comme cette dérivation a trouvé quelques incrédules, je vais transcrire une grande partie de l'article de Mérovée, troisième roi de France.

III. MÉROVÉE.

« Mérovée, second fils de Clodion, n'a pas été
» connu jusqu'à présent. Il est véritablement re-
» marquable que nous ne sachions pas encore avec
» certitude l'origine du nom de la première race de
» nos rois. Nos anciens auteurs, que l'on peut ai-
» sément consulter dans la belle Collection des
» historiens de France, par dom Bouquet, sont
» tous d'accord à dériver le nom de Mérovingiens
» de celui de Mérovée : mais, comme la gloire de
» Charlemagne a fait disparaître, en quelque sorte,
» le souvenir de la dinastie à laquelle il succédait,
» et que Clovis, en changeant la religion de ses

» ancêtres, avait déjà effacé, dans la mémoire de
» ses contemporains, la trace des événemens pré-
» cédens, on ne comprenait plus comment Méro-
» vée, fils de Clodion, avait pu être préféré à son
» père pour transmettre son nom à ses descen-
» dans.

» On ne sera donc pas surpris qu'un membre de
» l'Académie des Inscriptions, M. Gibert, ait cru
» devoir chercher l'origine du nom des Mérovin-
» giens dans l'histoire de Tacite, où un ancien roi
» des Suèves, Maroboduus, offrait une analogie
» dont il a profité pour établir son sistème ; il a
» cru, en reculant de plusieurs siècles l'origine
» d'un nom qui nous intéresse, réussir, par ce
» moyen, à en relever l'illustration.

» Le célèbre secrétaire de cette académie, le sa-
» vant Fréret, en imprimant le mémoire de M. Gi-
» bert, y joignit une réfutation victorieuse, et, à
» l'aide d'étimologies puisées dans l'ancienne lan-
» gue des Celtes et des Germains, alors assez peu
» connue, chercha une autre explication du nom
» des Mérovingiens.

» M. Gibert ne fut pas convaincu ; quelques an-
» nées après la mort de Fréret, il revint à la charge;

» et, dans une longue dissertation, insérée aussi
» dans les mémoires de l'Académie , il soutint son
» opinion par de nouveaux développemens. Mais
» M. Raoul Rochette , à l'article qu'il a consacré
» à ce savant, dans la Biographie Universelle ,
» convient que son hipothèse n'a pas réussi.

» Nous avons donc cru devoir revenir sur cette
» matière, en prenant une connaissance plus ap-
» profondie de l'histoire de Mérovée : m'étant
» trouvé à Rome , lorsque fut découverte une ins-
» cription en l'honneur de Flavius Mérobaudès ,
» et témoin de discussions fort vives , élevées à
» cette occasion dans l'académie d'Archéologie,
» dont j'avais l'honneur d'être membre , je me
» convainquis, par mes recherches, que ce Méro-
» baudès, fils du roi des Francs, adopté par Aëtius,
» comblé de bienfaits par l'empereur Valenti-
» nien III, gendre du patrice romain Asturius,
» envoyé pour commander en Espagne, était le
» même qui, devenu roi des Francs après la mort
» de son père, vainquit Attila avec son père adop-
» tif Aëtius, et sauva les Gaules de l'invasion des
» Huns. Je reconnus que ce même Mérobaudès ,
» ou Mérovée, se distingua par ses talens pour la
» poésie, et composa un ouvrage sur la rhétorique,
» cité par l'illustre Boëce. J'ai cru que des asser-

» tions aussi éloignées de toutes nos idées, méri-
» taient d'être prouvées dans une histoire particu-
» lière que j'ai composée, et où je ferai voir qu'en
» cette occasion, comme en beaucoup d'autres, il
» en faut revenir à ce que nous ont dit nos prédé-
» cesseurs, et croire avec eux que le nom de Mé-
» rovingiens vient de Mérovée.

» Je ne puis donner mes preuves très-détaillées
» dans cette simple annonce de mon ouvrage : mais
» peut—être sera-t-on bien aise d'en trouver ici un
» court aperçu.

» C'est par le témoignage de Priscus, auteur
» contemporain, que nous savons que le roi des
» Francs avait deux fils, dont l'aîné était soutenu
» par Attila, et le second par Aëtius, qui l'adopta.
» Priscus vit celui-ci à Rome, et paraît décrire
» avec complaisance les avantages personels et
» acquis de ce jeune prince.

» Idace, évêque espagnol, auteur contemporain,
» député vers Aëtius par ses compatriotes, parle
» de ce même prince, qui avait été en Espagne
» après son beau-père, le patrice Asturius, qui
» s'appelait Mérobaudès, et qui était distingué par

» sa naissance, son éloquence et son talent pour
la poésie. *

» Grégoire de Tours, le père de notre Histoire ;
» dit que Mérovée était *de Stirpe Clodionis*, du li-
» gnage de Clodion, comme dit aussi l'ancienne
» chronique de saint Denis, dans la Collection de
» Dom Bouquet. Mais il n'était plus son fils,
» comme le dit encore cette chronique, parce que
» l'adoption l'avait rendu fils d'Aëtius.

» Après avoir affirmé que Mérovée était du li-
» gnage de Clodion, mais non son fils, cette chro-
» nique ajoute qu'il régna dix-huit ans, tandis que
» notre ancien historien Sigebert dit qu'il ne régna
» que dix ans, et qu'il était fils de Clodion. Ces
» deux témoignages, positifs et respectables tous
» deux, sont aisément conciliés, en reconnaissant
» que Mérovée était fils de Clodion par le droit de
» la nature, et d'Aëtius par celui de l'adoption ;
» qu'il prit le titre de roi des Francs l'an 440,
» huit ans avant la mort de Clodion, et qu'il régna

---

* « Nous n'avons de vers, sous le nom de Mérobaudès, qu'un
» petit poëme chrétien : mais rien n'empêche que Mérovée ait
» rendu hommage à la religion de l'empereur qui l'honorait. Til-
» lemont (Histoire des Empereurs , tom. III, page 440), recon-
» naît même, qu'avant Clovis il y eut plusieurs chrétiens parmi les
» Francs.

» dix ans après cette mort, depuis l'an 448 jusqu'à
» l'an 458. Il fut donc dix-huit ans roi des Francs;
» mais il ne régna que dix ans.

» Au lieu de déprécier nos anciens auteurs,
» transportons-nous au tems où ils ont vécu; étu-
» dions leur langage, et c'est alors que nous sau-
» rons véritablement notre histoire. »

Ma première réflexion se porte ici sur cette chronique de saint Denis, qui prétend que Mérovée n'était plus le fils de Clodion, *parce que l'adoption l'avait rendu fils d'Aëtius.*

Je demande si l'adoption d'un étranger peut faire perdre le titre sacré de père donné par la nature. Il est possible, pourtant, que l'adoption enlevât l'autorité du véritable père, pour la transmettre au père adoptif. C'est ce que l'on doit présumer d'après la conduite de Mérovée, qui prit le titre de roi des Francs huit ans avant la mort de Clodion, et qui, néanmoins, ne régna que dix ans, à dater du trépas de ce véritable père.

A présent, je demande encore pourquoi l'on n'a pas conservé à Faramond l'honneur d'avoir donné son nom à la première race, puisqu'un grand nombre d'auteurs modernes le regardent comme le fondateur de la monarchie française. Il était aussi facile, et plus équitable, de dire *les Faramondiens* que les Mérovingiens. Cette opinion, très-naturelle dans un sistème où les trois races de nos rois dérivent de Faramond, est combattue d'une manière fort simple dans celui de M. de Fortia. D'abord il établit, avec M. de Foncemagne, que le royaume était de tout tems successif héréditaire dans la nation des Francs, en sorte que Faramond n'est pas la véritable tige de nos rois, dont l'origine se perd dans la plus haute antiquité. Ensuite il fait voir, avec Jacques de Guyse, que Mérovée n'étant pas roi légitime des Francs, puisque son frère aîné avait laissé des enfans, les partisans des fils de ce frère aîné, de qui descendent la seconde et la troisième race, portèrent seuls le nom de Francs ; ceux de Mérovée furent donc distingués naturellement par le nom de Mérovingiens jusqu'à Clovis, qui, par ses victoires, conquit le titre de roi des Francs. Mais comme lui-même était Mérovingien, sa race en conserva le nom.

La seconde race commence par Clodebaud, petit-fils-aîné de Clodion, d'après l'auteur. Ses conjectures sont raisonnables et doivent inspirer de la confiance.

La troisième, enfin, est ouverte par Childe-

brand I, fils de Pépin le Gros; et, en la parcou-
rant avec soin, je trouve, à-peu-près au milieu de
l'article de Robert le Fort, le passage suivant :

« Dès l'an 1696, Jacques de Cassan, auteur de
» la recherche des droits du roi et de la couronne
» de France, n'avait pas fait difficulté d'avancer
» (dans sa nouvelle édition in-8°., page 9), que
» Hugues Capet étant, sans contredit, descendant
» de Charlemagne (ce sont ses termes) : nos rois
» avaient recueilli, par voie de succession hérédi-
» taire, les droits de cet empereur sur tous les états
» qui composaient, sous son règne, la monarchie
» française. »

L'assertion que Jacques de Cassan disait n'avoir
pas été contredite, l'avait cependant été, long-
tems avant sa seconde édition, par Jean-Jacques
Chifflet, cet ardent défenseur des prérogatives,
ainsi qu'il les appelle, de la maison d'Autriche,
et qui souvent, dans l'excès de son zèle, a prêté à
ses souverains des prétentions qu'eux-mêmes n'a-
vaient pas. L'empereur Charles-Quint rendit ce
témoignage à la maison de France : « Je tiens à
beaucoup d'honneur d'être sorti du côté maternel
de ce fleuron, qui porte et soutient la plus célèbre
couronne du monde. » Ce sont ses propres termes

rapportés dans la relation de l'ambassade de l'ami-
ral de Coligny, en 1556.

D'après tout ce que je viens d'exposer sur la
généalogie de la maison de France, on peut juger
du mérite de l'ouvrage, et des soins qu'a pris
M. de Fortia, pour établir l'unité des trois dinas-
ties par la grande filiation de père en fils, de mâle
en mâle, et des ayant droit à la couronne par leurs
titres de succession.

Je vais pourtant le laisser parler encore une fois,
pour édifier entièrement mes lecteurs.

« A présent, que nous sommes arrivés au prince
» duquel descendent, sans aucun doute, tous ceux
» qui ont porté la couronne jusqu'à Louis XVIII,
» actuellement régnant, nous ne nous croirons plus
» obligés à donner d'autres preuves généalogiques,
» et nous les supprimerons à l'avenir.

» Ainsi parvenus à la fin d'une tâche pénible,
» nous pouvons nous féliciter ici d'avoir démon-
» tré que l'origine de la maison de France remonte
» aussi haut que le permet la fragilité des monu-
» mens de notre histoire. L'ancien manuscrit, que
» personne avant nous n'avait employé, quoiqu'il
» existât depuis long-tems, à la Bibliothèque du

» Roi, le manuscrit de Jacques de Guyse, nous en
» a donné les moyens. Une statue, récemment dé-
» couverte à Rome, nous a fait retrouver l'histoire
» de celui qui a été l'origine de ce que nous appe-
» lons notre première race, quoique ce ne soit pas
» même notre première branche. C'est ainsi que le
» tems, qui dévore tout, vaincu par l'étude et par
» les recherches de ceux qui aiment la vérité, vient
» nous fournir des preuves irrécusables, de ce que
» disait avec tant de raison notre grand Henri IV,
» qu'il était le premier gentilhomme de France.

» Ennemis de la noblesse, sachez qu'en l'atta-
» quant, vous combattez le principe qui a toujours
» fait la base de notre société. Si la gloire de nos
» ancêtres est perdue pour nous, la nôtre s'effacera
» pour notre postérité ; nous détruirons l'un des
» plus puissans mobiles des grandes actions, celui
» de transmettre à nos enfans l'héritage d'une vertu
» sans tache, bien supérieur à celui d'une fortune,
» qui peut leur être si facilement enlevée. Que
» l'homme qui n'a pas été bien servi par le hasard
» de la naissance, sache que la noblesse ne lui est
» pas étrangère pour cela, et qu'il peut la créer
» pour ceux qui porteront son nom après lui ! N'a-
» vons-nous pas vu, même au milieu des horreurs
» de notre révolution, des prolétaires obscurs, qui

» avaient usurpé une autorité passagère ; s'énor-
» gueillir de porter des noms qu'ils allaient puiser
» dans des républiques anciennes, s'imaginant qu'ils
» pourraient ainsi s'associer aux grandes vertus que
» ces noms rappelaient. Admirons cet hommage
» rendu, par ces modernes Scévola, à la noblesse
» qu'ils persécutaient si cruellement ; tâchons d'ho-
» norer les noms qui nous appartiennent véritable-
» ment, quand ce ne serait que par notre respect
» pour la première des légitimités, qui a bien aussi
» sa gloire.

» Et vous, jeune prince *, héritier de tant de
» rois, lorsque vous jouirez des droits qu'ils vous
» ont transmis, vous continuerez les bienfaits que
» nous en avons reçus, et vous n'oublierez pas qu'en
» chérissant la noblesse qui l'avait aidé à remonter
» sur son trône, ce grand Henri, dont vous portez
» le nom, voulait que le moindre de ses sujets pût
» mettre quelquefois la poule au pot. Vous serez sûr
» de bien faire, en choisissant, dans l'histoire de
» vos ancêtres, les vœux que vous avez à former,
» les exemples que vous devez suivre. »

Qu'il soit permis, maintenant, à un poëte qui
a du moins le mérite d'être bon français, d'élever

* S. A. R. Monseigneur le duc de Bordeaux.

un instant sa faible voix, pour dire en son langage :

> Heureux enfant, soutien du nom Français,
> Espoir flatteur de la grande patrie,
> Nous bénirons tes précieux bienfaits,
> Et tu seras l'objet de notre idolâtrie.

> Tel qu'un astre nouveau sorti de l'Orient,
> Qui, pour ouvrir son immense carrière,
> S'élève dans les airs rayonnant de lumière,
> Grandis, aimable Prince, et que ton front riant
> Annonce à la nature entière,
> Que du faîte de tes grandeurs
> Rêvant au bonheur de la France,
> Tu régneras sur tous les cœurs
> Subjugués par ta bienveillance.

Il me reste à saluer encore une fois M. de Courcelles, qui reprend la plume à Hugues Capet, pour conduire sa grande lignée de droite et de gauche, jusqu'à Louis XVIII, heureusement régnant.

M. de Courcelles me paraît digne en tout de son savant collaborateur, et je les remercie l'un et l'autre de m'avoir fourni l'occasion de rendre un hommage particulier de respect, d'obéissance et de fidélité à la famille des Bourbons.

LOUIS-DAMIEN EMÉRIC,

A Paris, le 25 août 1822.

Natif d'Eyguières, département
des Bouches-du-Rhône.

La généalogie de la maison de France est placée en
tête de l'Histoire généalogique et héraldique des Pairs
de France, des Grands dignitaires de la Couronne, des
principales Familles nobles du Royaume et des Maisons
princières de l'Europe, par M. le chevalier de Courcelles, ouvrage pour lequel on souscrit chez l'auteur,
rue de Sèvres, n°. 111, ainsi que pour l'Art de vérifier
les Dates, depuis l'année 1770 jusqu'à nos jours, dont
le second volume va paraître. On y trouve encore quelques exemplaires complets de l'Art de vérifier les Dates
avant et après Jésus-Christ, jusqu'à l'an 1770, in-8°.,
in-4°. et in-folio.

L'édition in-8°. a cinq volumes avant J. C., et dix-
huit volumes depuis J. C. Le prix de souscription est
de 7 fr. le volume, pris à Paris. En ajoutant 1 fr. 60 c.
le port en province sera payé, pour un volume. La con-
tinuation aura 12 volumes.

Sa Majesté a daigné agréer la dédicace de ces deux
ouvrages.

L'auteur de la Généalogie de la maison de France
vient de publier deux ouvrages qu'on trouvera chez
MM. Treuttel et Würtz, rue de Bourbon, n°. 17.

Nouveau sistême de Bibliographie alfabétique, seconde édition, précédée par des considérations sur l'ortographe française ; divisée en trois parties, ornée d'un
portrait de Toth ou Hermès. Un vol. in-12. Prix, 3 fr.

Dissertation sur le passage du Rhône et des Alpes par
Annibal, l'an 218 avant notre ère, troisième édition,
accompagnée d'une carte ; suivie de nouvelles observa-
tions sur les deux dernières campagnes de Louis XIV,
et d'une dissertation sur le mariage du célèbre Molière.
In-8°. Prix, 3 francs.